U0841115

萬華卷夏 华夏万卷®
让人人写好字

近距离临摹字卡

# 颜真卿多宝塔碑（上）

华夏万卷 编

cns PUBLISHING & MEDIA | 湖南美术出版社
全国百佳图书出版单位
·长沙·

大唐西京千福寺

多宝佛塔感应

多寶佛塔感應

碑文。

南阳岑勋撰。

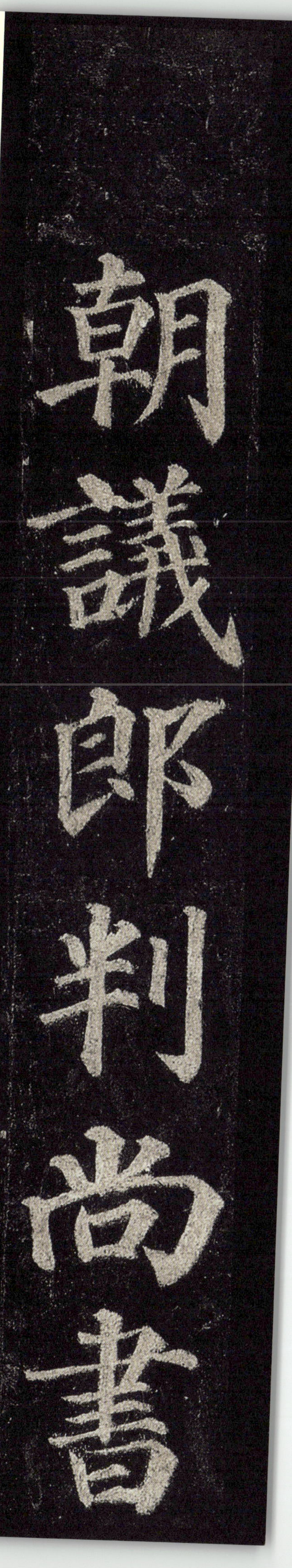


朝议郎、判尚书

武部员外郎、琅

邪颜真卿书。

朝散大夫、捡（检）挍（校）

尚书都官郎中、

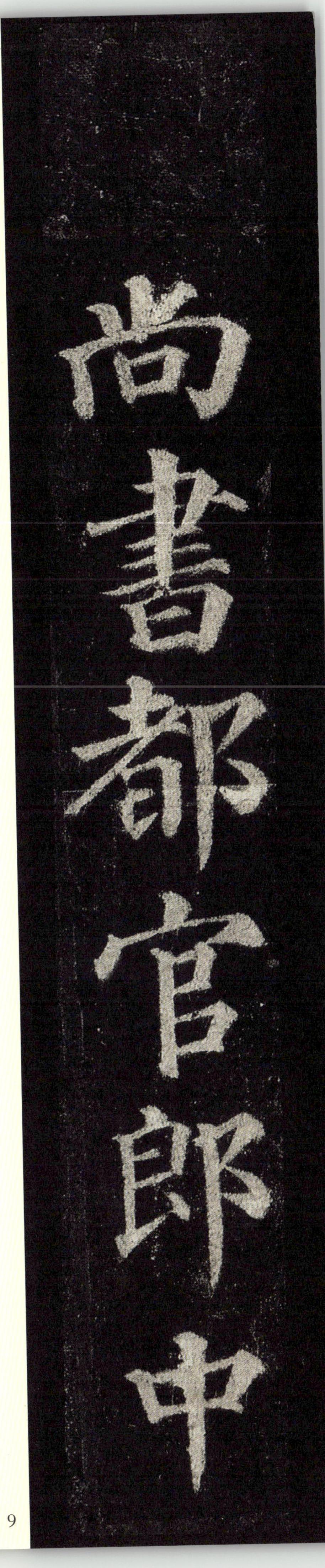

东海徐浩题额。

粤妙法蓮華諸佛

粤《妙法莲华》，诸佛

之祕藏也多寶佛

之秘藏也；多宝佛

塔證經之踊現也

塔，证经之踊现也。

發明資乎十力弘

发明资乎十力，弘

建在於（于）四依。有禅

建在於四依有禪

師法號楚金姓程

师法号楚金，姓程，

廣平人也祖父並

广平人也。祖、父并

信著释门，庆归法

胤。母高氏，久而无

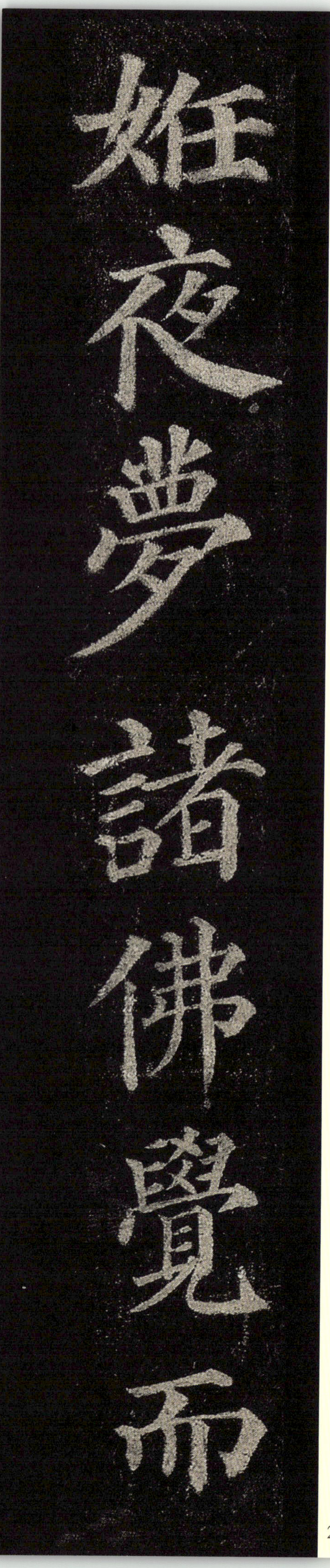


妊，夜梦诸佛，觉而

有娠，是生龙象之

徵無取熊羆之兆

征，无取熊罴之兆。

诞弥厥月，炳然殊

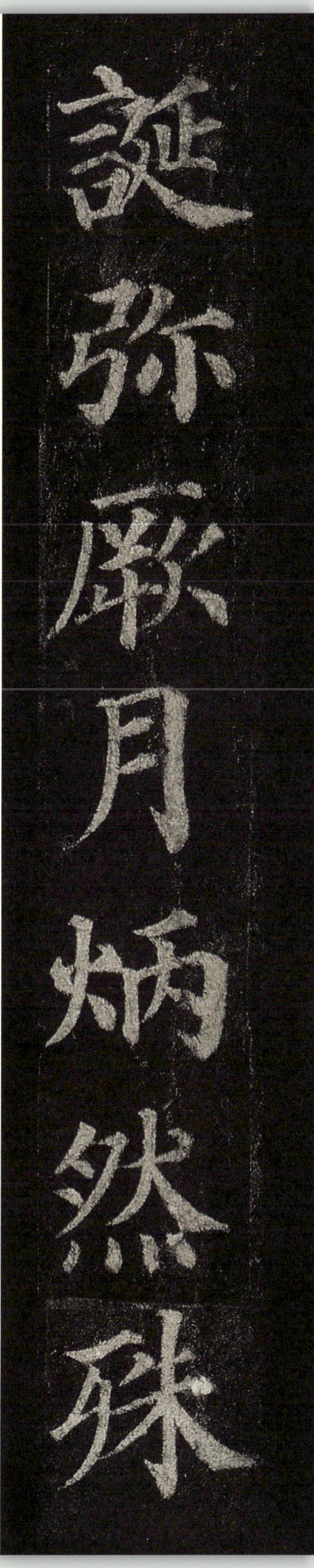

相岐嶷絶於葷茹

相。岐嶷绝於（于）葷茹，

髫龀不为童游。道

树萌牙，耸豫章之

楨幹禪池畎澮涵

桢干；禅池甽浍，涵

巨海之波涛。年甫

七歲居然猒俗自

七岁，居然厌俗，自

誓出家。礼藏探经，

法華在手宿命潛

《法华》在手。宿命潜

悟如識金環總持

悟，如识金环；总持

不遺，若注瓶水。九

不遺若注瓶水九

歲落髮住西京龍

岁落发，住西京龙

興寺從僧籙也進

兴寺，从僧箓也。进

具之年昇座講法

具之年，升座讲法。

頓收珍藏異窮子

顿收珍藏，异穷子

之疾走直詣寶山

之疾走；直诣宝山，

无化城而可息。尔

后，因静夜持诵至

多寶塔品身心泊

《多宝塔品》，身心泊

然，如入禅定。忽见

寶塔宛在目前釋

宝塔，宛在目前，释

迦分身，遍满空界。

行勤圣现，业净感

深悲生悟中淚下

深。悲生悟中，泪下

如雨。遂布衣一食，

如雨遂布衣一食

不出户庭，期满六

年，誓建兹塔。既而

許王瓘及居士趙

许王瓘及居士赵

崇、信女普意，善来

稽首咸捨珎財禪

稽首，咸舍珍财。禅

師以爲輯莊嚴之

师以为辑庄严之

資爽塏之地利

因，资爽垲之地，利

見千福默議於心

见千福，默议於（于）心。

时千福有怀忍禅

師忽於中夜見有

师，忽于中夜，见有

一水，发源龙兴，流

注千福，清澄泛滟，

中有方舟。又见宝

塔，自空而下，久之

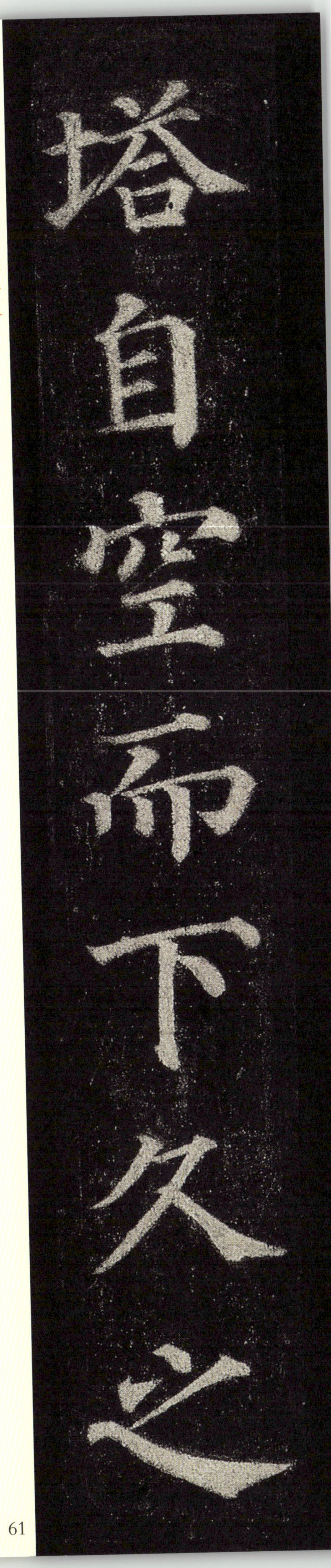

乃灭，即今建塔处

也。寺内净人名法

相先於其地復見

相，先於（于）其地，复见

燈光遠望則明近

灯光，远望则明，近

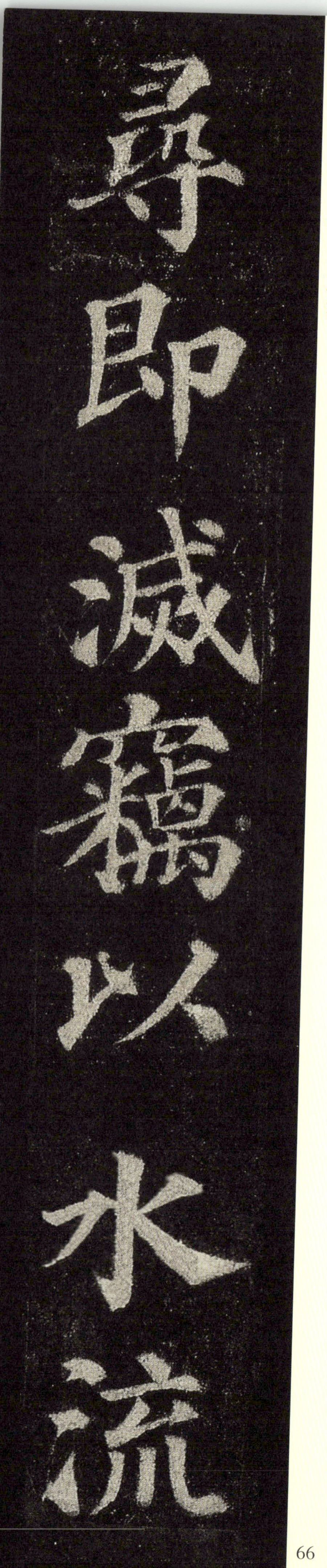


寻即灭。窃以水流

開於法性舟泛表

开于法性，舟泛表

於（于）慈航。塔现兆於（于）

有成燈明示於無

有成，灯明示于无

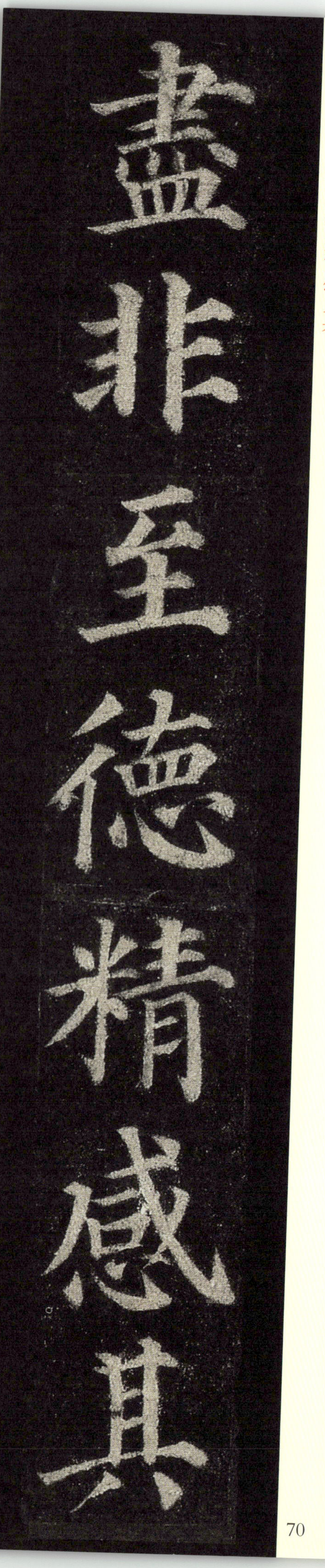


尽。非至德精感，其

孰能與於此？及禪

孰能与於（于）此？及禅

师建言，杂然欢惬。

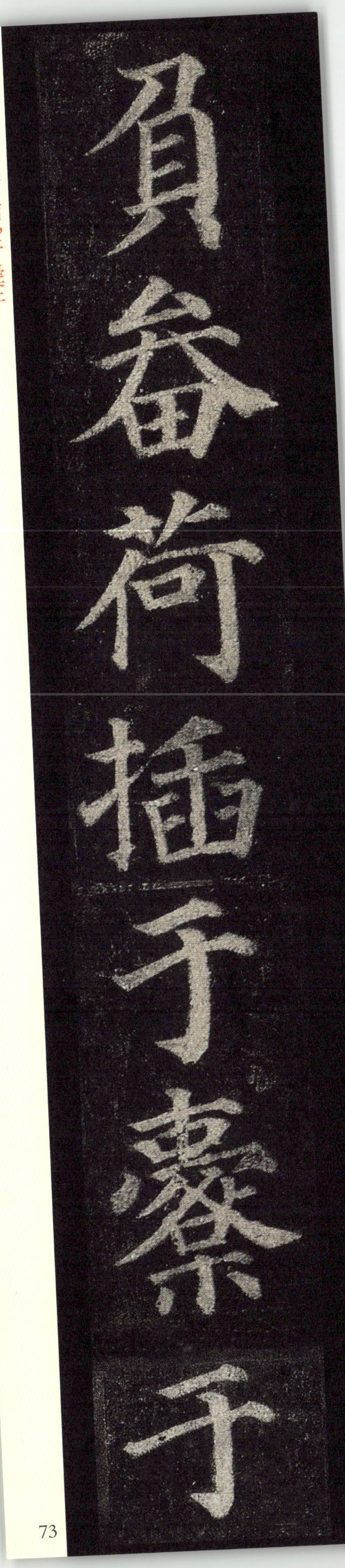

负畚荷插，于橐于

囊。登登凭凭，是板

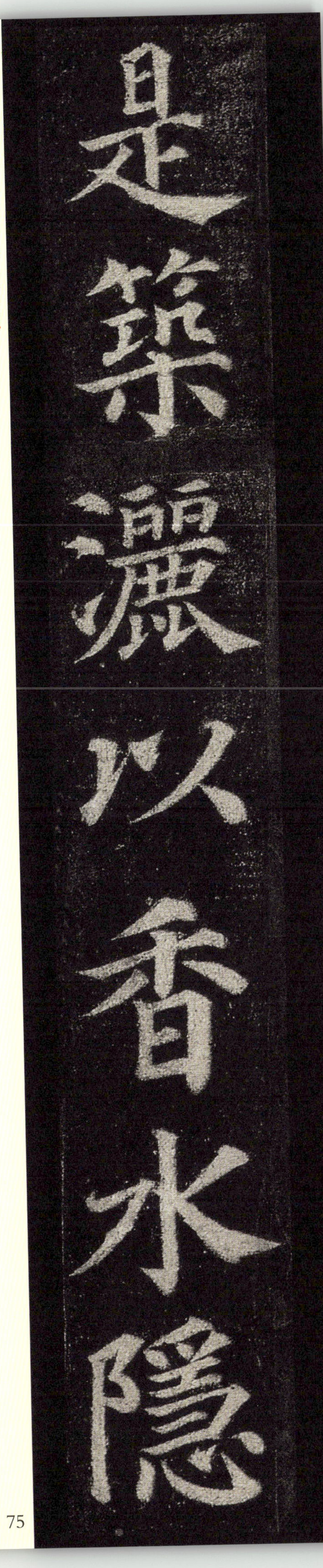


是筑。洒以香水，隐

以金锤。我能竭诚，

工乃用壮。禅师每

夜於（于）筑阶所，垦志

誦經勵精行道衆

诵经，励精行道。众

闻天乐，咸嗅异香。

喜嘆之音聖凡相

喜叹之音，圣凡相

半。至天宝元载，创

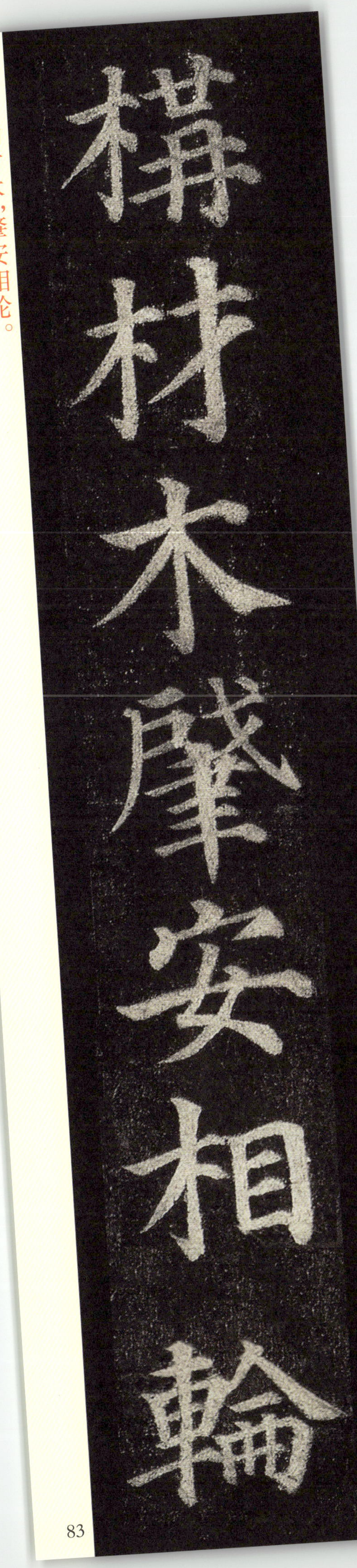


构材木，肇安相轮。

禪師理會佛心感

禅师理会佛心，感

通帝梦。七月十

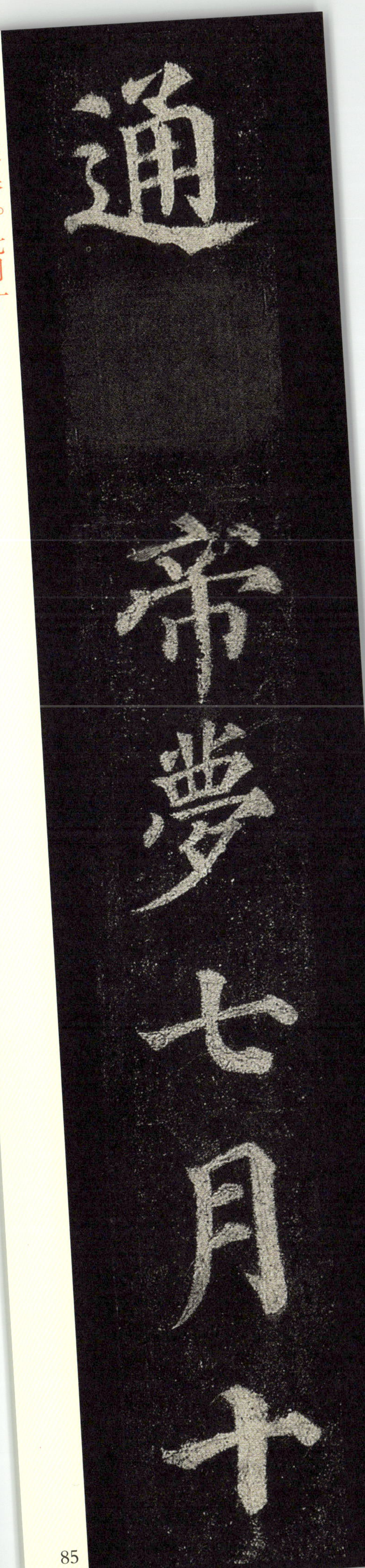

三日，敕内侍赵

思侃求诸宝坊，验

思偘求諸寶坊驗

以所夢入寺見塔

以所梦。入寺见塔，

礼问禅师。圣梦有

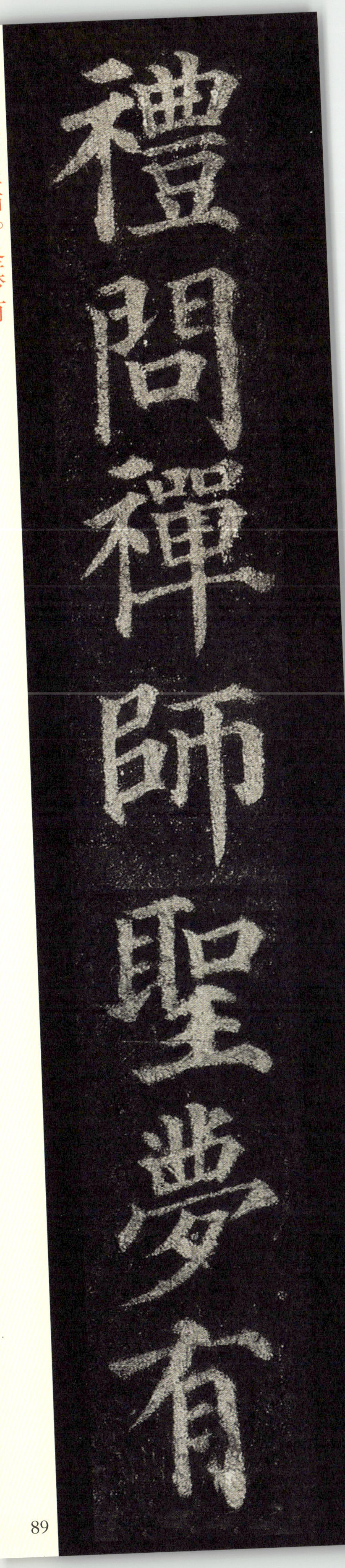

孚，法名惟肖。其日

赐钱五十万、绢千

賜錢五十萬絹千

匹，助建修也。则知

精一之行，虽先天

而不违；纯如之心，

當後佛之授記昔

当后佛之授记。昔

汉明永平之日，大

化初流；我皇天

宝之年，宝塔斯建。

同符千古，昭有烈

光。於（于）时道俗景附，

檀施山积，庑徒度

财，功百其倍矣。至

二载，敕中使杨

顺景宣旨，令禅

師於花萼樓下迎

师於（于）花萼楼下迎

多宝塔额。遂总僧

事備法儀宸睠

事，备法仪。宸眷

俯临，额书下降，又

賜絹百疋聖札飛

赐绢百疋（匹）。圣札飞

毫，动云龙之气象；

天文挂塔，驻日月

之光辉。至四载，塔

事将就，表请庆斋，

歸功帝力時僧

归功帝力。时僧

道四部，会逾万人。

有五色雲團輔塔

有五色云团辅塔

頂衆盡瞻覩莫不

顶，众尽瞻睹，莫不

崩悦大哉觀佛之

崩悦。大哉观佛之

光利用賓于法王

光，利用宾於（于）法王。

禪師謂同學曰鵬

禅师谓同学曰：『鹏

運滄溟非雲羅之

运沧溟，非云罗之

可顿；心游寂灭，岂

爱纲之能加。精进

法门，菩萨以自强

不息本期同行復

不息。本期同行，复

遂宿心。凿井见泥，

去水不远；钻木未

热，得火何阶？凡我

七僧，聿怀一志，昼

七僧聿懷一志晝

夜塔下誦持法華

夜塔下，诵持《法华》。

香烟不断，经声递

香煙不斷經聲遞

續炯以為常沒身

续。炯以为常，没身

不替。』自三载，每春

不替自三載每春

秋二时，集同行大……

图书在版编目(CIP)数据

颜真卿多宝塔碑. 上 / 华夏万卷编. — 长沙：湖南美术出版社，2021.11（2022.5重印）

（近距离临摹字卡）

ISBN 978-7-5356-9691-5

Ⅰ. ①颜… Ⅱ. ①华… Ⅲ. ①楷书-碑帖-中国-唐代 Ⅳ. ①J292.24

中国版本图书馆 CIP 数据核字(2021)第 239664 号

YAN ZHENQING DUOBAO TA BEI(SHANG)
颜真卿多宝塔碑（上）
（近距离临摹字卡）

出 版 人：黄 啸
编　　者：华夏万卷
责任编辑：彭 英 邹方斌
责任校对：张颖婕
装帧设计：华夏万卷
出版发行：湖南美术出版社（长沙市东二环一段 622 号）
经　　销：全国新华书店
印　　刷：成都市金雅迪彩色印刷有限公司
开　　本：889×1194　1/32
印　　张：4.25
版　　次：2021 年 11 月第 1 版
印　　次：2022 年 5 月第 2 次印刷
书　　号：ISBN 978-7-5356-9691-5
定　　价：30.00 元

注：本书释文仅对应书法作品，对于书法作品与原文学作品不对应之处不一一标注。

上架建议：艺术类

ISBN 978-7-5356-9691-5

9 787535 696915 >

定价：30.00 元